Saint-Yves, Deléris

Les oiseaux de bocace

Antigonos

Saint-Yves, Deléris

Les oiseaux de bocace

Réimpression inchangée de l'édition originale de 1839.

1ère édition 2024 | ISBN: 978-3-38605-674-8

Antigonos Verlag est une marque de Outlook Verlagsgesellschaft mbH.

Verlag (Éditeur): Outlook Verlag GmbH, Zeilweg 44, 60439 Frankfurt, Deutschland
Vertretungsberechtigt (Représentant autorisé): E. Roepke, Zeilweg 44, 60439 Frankfurt, Deutschland
Druck (Imprimerie): Libri Plureos GmbH, Friedensallee 273, 22763 Hamburg, Deutschland

LES
OISEAUX DE BOCACE,

VAUDEVILLE EN UN ACTE,

PAR MM. SAINT-YVES ET DELÉRIS.

Représenté pour la première fois à Paris, sur le théâtre Saint-Marcel, le 7 novembre 1839.

DISTRIBUTION DE LA PIÈCE,

SÉBASTIEN , voyageur.........................	MM. Léon.
TRIPTOLÊME , *Idem*........................	Kopp.
BRÉSILIA , jeune prêtresse du Soleil............	MMes Mina.
INÈS , *idem*.	Gabrielle.
PAQUITA , *idem*.	Élisa Daroust.
ROSINE , *idem*.	Jenny.
LEONARDE , négresse....................	Delaporte.
PREMIER MATELOT...............	MM. Forel.
DEUXIÈME MATELOT...................	Dolet.
MATELOTS ET JEUNES FILLES.	

La scène se passe sur les côtes du Brésil.

Un grand parc ; au fond , la mer et des rochers. Sur le devant , à droite , une volière, dont la moitié se perd dans la coulisse ; à gauche des bancs de verdure ; un hamac suspendu entre deux arbres.

SCÈNE I.

BRÉSILIA , INÈS , PAQUITA , ROSINE , AUTRES JEUNES FILLES.

(Au lever du rideau, Brésilia se balance dans le hamac ; quelques jeunes filles font la chasse aux papillons avec des filets ; d'autres tressent divers ouvrages en plumes. La volière est vide, et la porte en est ouverte.)

CHŒUR.

AIR : *Mon Dieu! pour un vieillard!* (Le Démon de la nuit.)

Sous ce climat aimable et doux,
Que la vie est calme et facile!
Tressons les fleurs qu'en cet asile
Le ciel fait éclore pour nous.

INÈS , courant après un papillon.
Maudit papillon !... Il m'échappe toujours...

PAQUITA , tressant des plumes.
Voilà mon ouvrage qui avance... Voyez comme toutes ces plumes de colibri forment de belles couleurs!

ROSINE.
Et moi!... Voyez donc comme ce bandeau sera gracieux dans des cheveux blonds.

BRÉSILIA , soupirant.
Oh! oui !...

INÈS.
Eh bien ? Brésilia , voilà encore que tu soupires?

PAQUITA.
Comme hier !...

ROSINE.
Comme toujours !...

INÈS.
En vérité, je ne te comprends pas! Tu recherches la solitude... tu es triste... tu parles seule... On dirait qu'il te manque quelque chose ,..

BRÉSILIA.
Quel désir pourrais-je former ?... Notre naissance ne nous assure-t-elle pas tous les biens ? Nous , descendantes privilégiées des prêtresses du Soleil, vouées à la solitude qui, dit-on, est le bonheur , et élevées dès notre plus tendre enfance dans cette retraite, dont aucune de nous n'est

1

jamais sortie, notre pensée peut-elle s'élancer au-delà de cette mer qui est devant nous, et de ces grands murs qui nous protégent de tous côtés contre les bêtes féroces, si nombreuses au Brésil?

INÈS.

Oh! pour moi, je serais bien fâchée de quitter jamais cette maison, en dehors de laquelle il n'y a pour nous que piéges et embûches... comme dit notre supérieure...

PAQUITA.

Oh! c'est bien vrai... D'ailleurs, est-il rien de comparable à l'existence que nous menons ici?...

INÈS.

Courir après des papillons...

ROSINE.

Attraper des oiseaux...

PAQUITA.

Cueillir des fleurs...

BRÉSILIA, avec un soupir.

Tout cela est bien gentil... mais...

PAQUITA.

Mais...?

BRÉSILIA.

Je fais des rêves depuis quelque temps...

TOUTES, s'approchant.

Des rêves...?

BRÉSILIA.

Oui... il me semble qu'il y a autre chose dans la nature que des papillons, des oiseaux et des fleurs.

ROSINE.

C'est impossible...

INÈS.

Notre supérieure nous l'aurait dit...

BRÉSILIA, au milieu d'elles.

Peut-être.

TOUTES.

Comment?

BRÉSILIA.

Pauvres jeunes filles que nous sommes! si l'on nous trompait....

PAQUITA.

Dans quel but?

BRÉSILIA.

Mais afin de ne pas nous exposer à regretter un monde dont le sort nous exile à jamais.

INÈS.

C'est vrai... Mais enfin qui peut te faire supposer?...

BRÉSILIA.

Écoutez... C'est un secret au moins...

TOUTES.

Un secret!... Parle vite...

BRÉSILIA,

Eh bien!... figurez-vous qu'il y a six jours, je venais comme d'habitude pour donner à manger à cet oiseau confié à mes soins... lorsque j'aperçus là, sur ce hamac, notre gardienne, madame Léonarde, qui faisait sa sieste...

INÈS.

Madame Léonarde?... Cette vilaine négresse, si méchante, si acariâtre!... Ah! que je la déteste!

TOUTES.

Et moi... et moi...

BRÉSILIA.

Elle dormait du plus profond sommeil; mais auprès d'elle était un livre ouvert...

TOUTES.

Un livre?

BRÉSILIA.

Vous savez qu'on nous en laisse bien peu et tous si ennuyeux... J'y jetai d'abord un coup d'œil... je savais bien que je faisais mal... mais impossible de résister à la tentation... C'était un livre de contes... Oui, ça s'appelait les contes de Bocace... et savez-vous ce que j'y lus?...

TOUTES.

Quoi donc?...

BRÉSILIA.

Il y a de drôles de choses dans la nature, allez, outre les oiseaux et les chats... il y a des hommes...

INÈS.

Des hommes?.. Qu'est-ce que c'est que ça?...

BRÉSILIA.

Eh bien!... ce sont... des hommes, et nous, nous sommes des femmes... c'est-à-dire... que les hommes... Enfin, je ne sais pas au juste; mais il y en a de très-aimables, qui parlent presque autant que nous, et très-bien... et puis, ils passent leur vie à faire tout ce que nous voulons...

TOUTES.

Oh! que c'est gentil!

BRÉSILIA.

Et ce n'est pas tout.

AIR : *une Députation*. (Loïsa Puget.)

A nos désirs jamais rebelles,
De nos regards toujours jaloux,
Ils disent que nous sommes belles,
Et que tout plaisir vient de nous.
Notre voix calme leur souffrance,
Elle fait palpiter leur cœur;
Pour eux, nous voir. c'est l'espérance;
Nous entendre, c'est le bonheur.

TOUTES, très-vite.

Oh! que c'est joli... parle donc, dépêche-toi vite;
Que ce livre est beau! qu'il est instructif! amusant!
Mais ce n'est pas tout...hâte-toi, dis-nous-en la suite,
Que font-ils encore?oh!mais parle donc,l'on t'attend.

BRÉSILIA.

Ils nous disent : « Je vous adore,
« Oh oui! ma vie est toute à vous,
« Répondez-moi, je vous implore... »
Ils se jettent à nos genoux;
Tous leurs regards sont pleins de flamme,
Puis ils embrassent notre main,

Et nous jurent que dans leur âme
L'amour n'aura jamais de fin...

TOUTES.

Oh ! que c'est joli... parle donc, dépêche toi vite;
Oh! que c'est joli ! Quoi ! le livre dit tout cela ?
C'est de mieux en mieux. Hâte-toi, dis-nous-en la suite,
Un homme ? qui donc jamais vers nous en enverra ?

BRÉSILIA.

Ensuite... (Elle garde le silence.)

INÈS.

Eh bien... tu t'arrêtes au plus beau moment.

BRÉSILIA.

Hélas ! j'en étais là quand madame Léonarde
s'est réveillée.

TOUTES.

Quel dommage !

BRÉSILIA.

N'est-ce pas ?

(*Reprenant l'air.*)

Cet accident vous désespère,
Le livre peut mentir, hélas !...
Prions le ciel qu'il nous éclaire,
Mais c'est trop beau ! je n'y crois pas.

TOUTES.

Cet accident nous désespère, etc.

ROSINE.

Eh vite! voici madame Léonarde.

PAQUITA.

Remettons-nous au travail.

BRÉSILIA.

C'est ça, pour qu'elle ne soupçonne rien.

INÈS.

La voilà.
(Elles sont toutes dans la même position qu'au lever du rideau.)

SCÈNE II.

LES MÊMES , LÉONARDE , elle apporte à manger
à l'oiseau.

LÉONARDE.

Oh ! oh ! mesdemoiselles, vous voilà bien tran-
quilles; vous disiez sans doute quelques méchan-
cetés?...

INÈS , entre ses dents.

Ça vaut mieux que d'en faire...

LÉONARDE.

Plaît-il?... petite raisonneuse!...Et vous, mademoiselle Brésilia , au lieu de vous dorloter ainsi,
vous feriez mieux de songer à vos devoirs...

BRÉSILIA.

Qu'avez-vous donc à me reprocher, madame ?

LÉONARDE.

Et l'oiseau de madame la supérieure, que vous
oubliez... Si elle était ici, vous auriez beau jeu...
Un si joli oiseau ! qui chante et qui parle mieux
que vous toutes ensemble.

PAQUITA.

Oui, mais il dit toujours la même chose.

LÉONARDE.

Il y a des choses , mesdemoiselles , qu'on ne
peut répéter trop souvent. (A Brésilia.) Vous ne
pensez seulement pas à lui donner à manger ; il
faut que je songe à tout.

BRÉSILIA.

Le fait est que j'avais tout-à-fait oublié cette
pauvre bête... Qu'est-ce que vous lui apportez ?

LÉONARDE.

Du sucre, des jaunes d'œufs et des confitures...
Allons , laissez-moi... Je suis étonnée qu'il ne
s'impatiente pas. (Voyant la cage ouverte.) Ah !
miséricorde !

INÈS.

Qu'est-ce donc ?

LÉONARDE.

La porte de la cage qui est ouverte...

TOUTES.

O ciel !

LÉONARDE, qui est entrée et a déposé ce qu'elle
tenait.

Petit... petit... Il ne répond pas... Mon mimi...
mon chéri... Il n'y est plus ; il est envolé.

TOUTES.

Est-il possible !

LÉONARDE.

Que va dire la supérieure?... Et c'est vous ,
mademoiselle Brésilia, qui êtes cause de cet
événement irréparable... Si je ne me retenais...
(Elle la menace.)

TOUTES.

Oh! madame...

LÉONARDE.

Taisez-vous , mesdemoiselles , vous êtes toutes coupables; mais tenez , le ciel se charge de
votre punition. (En effet , le ciel s'est couvert ;
le tonnerre gronde, des éclairs sillonnent l'horizon.)

BRÉSILIA.

Quel affreux orage !

LÉONARDE.

Cela ne m'étonne pas.... après une pareille
faute !.. car vous sentez bien que cela n'est pas
naturel ; pour que le soleil se cache ainsi, il
faut que l'une de ses prêtresses ait commis quelque bien gros péché.

INÈS , bas à Brésilia.

Le livre !...

BRÉSILIA, de même.

Oh ! tais-toi...

CHOEUR.

AIR *nouveau* (de M. Artus).

Voyez, le vent en furie
Se déchaine contre nous !
C'est le ciel qui nous châtie;
D'où peut venir son courroux ?

LÉONARDE.

Pour quelque crime abominable

Contre une d'entre nous le ciel est irrité !
Mais je connaitrai la coupable.

BRÉSILIA, à part.

Ah ! combien je maudis ma curiosité !

Reprise.

Voyez, le vent, etc.

(L'orage redouble, le tonnerre éclate, elles se sauvent toutes en poussant des cris.)

SCÈNE III.

SÉBASTIEN, TRIPTOLÈME. Ils arrivent tout mouillés, SÉBASTIEN porte un accordéon en sautoir ; Triptolème, un grand cordon de bouteilles de cirage.

SÉBASTIEN, paraissant sur les rochers.

Ouf !...

TRIPTOLÈME.

Aide moi donc à grimper. (Sébastien lui donne la main.) Ah ben ! ah ben...

SÉBASTIEN.

En voilà un de temps ! Expatriez-vous donc, dans le but utile d'importer les arts dont vous êtes doués dans un monde nouveau ! Vous êtes jetté par la tempête sur une côte hérissée d'affreux bancs de sable et de rochers épouvantables ; vous débarquez à la nage, et voilà tous vos projets dans l'eau...

TRIPTOLÈME.

C'est ta faute aussi ; pourquoi as-tu voulu quitter le navire, et monter dans cette maudite barque ?

SÉBASTIEN.

Triptolème, tu raisonnes comme une poule mouillée... J'avais envie de donner un concert sur cette plage, à l'instar de Musard.

TRIPTOLÈME.

C'est ta musique qui a fait pleuvoir... Mais où sommes-nous ? je te le demande?...

SÉBASTIEN.

Est-ce que je sais ?... peut-être chez les Hottentots... Ou bien au Canada... au reste je me moque de ça comme... de Colin Tampon... j'ai sauvé mon instrument. (Il montre son accordéon).

TRIPTOLÈME.

Et moi ! c'est-il heureux que j'aie eu l'idée d'attacher autour de mon individu les échantillons de mon cirage caout-chouc, cet admirable cirage qui teint en noir d'ébène, rien que par l'odeur... Mais à présent, comment propager cette sublime découverte ?... qu'on me rattrape à voyager..

AIR : *de Madame Favart.*

Ainsi, dans un pays sauvage
Où les hommes marchent nu pié,
Je débarque avec du cirage...
N'est-ce pas à faire pitié ?

Pour braver la mer en furie
Et du ciel connaîtr' les rigueurs,
Ru' des Lombards, ô ma patrie,
Ai-je pu quitter tes douceurs !

Oh ! qu'il fait froid... brrr !...

SÉBASTIEN, de même.

Brrr...

TRIPTOLÈME.

Sébastien...

SÉBASTIEN.

Triptolème...

TRIPTOLÈME, grelotant.

Brrrr....

SÉBASTIEN.

Je suis de ton avis.... O feu sacré des arts, réchauffe-nous !..

TRIPTOLÈME.

J'aimerais mieux le plus mince des fagots... si seulement on avait de quoi se sécher ici ! (Ils ôtent leurs habits) Ah ben oui ! je suis sûr que ce pays ne produit pas de chemises.

SÉBASTIEN.

Bah ! voilà le soleil qui revient... Soleil, brillant soleil, non, tu n'as pas ton pareil !...

TRIPTOLÈME.

Mais vois-donc ces plumes si bien arrangées ! c'est comme dans la rue Saint-Denis...

SÉBASTIEN.

C'est ma foi vrai, on dirait d'un manteau à l'espagnole...

TRIPTOLÈME.

Si je m'en revêtais ?...

SÉBASTIEN.

Revêts-t'en : ça ira à ta physionomie...

TRIPTOLÈME, s'habillant avec les plumes.

Tu crois ? Il n'y a qu'une chose que je redoute... c'est un rhume de cerveau... avec ça que ma casquette a disparu au milieu de la bourrasque...

SÉBASTIEN.

C'est que ce maudit soleil devient horriblement gênant... Attends ! (Il prend des plumes.) ça va me faire une coiffure charmante, comme à l'Opéra... et si j'y ajoute une cravate...

TRIPTOLÈME, achevant de s'habiller avec les plumes.

C'est fait ! (Il a un manteau de plumes ; ses bras et ses jambes sont nues, et il a toujours son cirage en bandoulière.)

TOUS DEUX, s'examinant.

Oh ! c'te tête !...

SÉBASTIEN.

J'en ai vu chez Musard, qui n'avaient pas l'air plus sauvage que toi.

TRIPTOLÈME.

Toi ! tu ressembles furieusement à un perroquet...

SÉBASTIEN.

Et toi, je ne dirai pas à quoi tu ressembles.

Air : *Un homme pour faire un tableau.*

Mais chez mon pèr', je m'en souvien,
On aimait tendrement les bêtes :
Triptolème, tu le sais bien,
Toi qui fus de toutes nos fêtes.
Perroquet, angora, carlin,
Vivaient tous, chez nous, sans castille ;
Aussi quand j' vois ton air serin ,
Ça me rappelle ma famille.

TRIPTOLÈME.

Je suis flatté... Mais il faut pourtant savoir où nous sommes ; je vais monter sur un arbre, pour examiner le pays...

SÉBASTIEN.

C'est ça , montons à l'arbre. (Ils montent sur des arbres.)

SÉBASTIEN.

Triptolème ?...

TRIPTOLÈME.

Sébastien...

SÉBASTIEN.

Ne vois-tu rien venir ?

TRIPTOLÈME.

Je vois la terre qui verdoie...

SÉBASTIEN.

Et moi la poussière qui...

TRIPTOLÈME , s'écriant.

Ah ! mon Dieu !

SÉBASTIEN.

Que c'est bête... tu as manqué de me faire tomber.

TRIPTOLÈME.

Je vois un habitant femelle...

SÉBASTIEN.

Une femme ! nous sommes sauvés...

TRIPTOLÈME.

C'est une négresse ! nous sommes perdus !...

SÉBASTIEN.

Pourquoi ?

TRIPTOLÈME.

J'ai lu dans M. de Buffon que les nègres sont des anthropophages.

SÉBASTIEN.

Laisse donc !

TRIPTOLÈME.

A preuve que j'en ai vu un à Paris, qui mangeait des cailloux...

SÉBASTIEN.

S'ils sont anthropophages... ils sont capables de nous manger ?

TRIPTOLÈME.

Elle approche.. Où nous cacher ?..

SÉBASTIEN.

Reste donc , Triptolème ; reste perché...

TRIPTOLÈME.

Plus souvent... la voilà.... Sauve qui peut ! (Il se sauve ; Sébastien reste sur son arbre.)

SCÈNE VI.

SÉBASTIEN, LÉONARDE, tenant à la main une casquette.

SÉBASTIEN , sur l'arbre.

Il a raison ! c'est une affreuse négresse.

LÉONARDE , à elle-même.

Qu'est-ce que c'est que ça ?

SÉBASTIEN , à part.

La casquette de Triptolème !

LÉONARDE.

Une casquette !.. ça ferait supposer un homme.

SÉBASTIEN.

Un homme !... vilaine ogresse !,..

LÉONARDE.

Est-ce que, par hasard, en dépit des rocs qui nous entourent , la tempête nous aurait jeté un.... Oh ! quelle chance !

SÉBASTIEN.

Elle est belle ta chance ! être mangé par une horreur semblable... Oh ! ça me fait lever e cœur !

LÉONARDE.

Air : *De Voltaire chez Ninon.*

Un homme ! ô brûlant souvenir,
Qui me ramène à mon bel âge !
Mais ici peut-il en venir ?
Comment aborder cette plage?
S'il en venait un seulement,
Et si vers lui j'étais guidée!...
C'est impossible... et cependant
Je me coiffe de cette idée.

(Elle met la casquette sur sa tête.)

SÉBASTIEN.

Pourvu qu'elle n'aille pas sentir la chair fraiche ! (Il monte sur une branche plus élevée.)

LÉONARDE.

Mais, j'y songe... Si ces demoiselles s'avisaient de découvrir avant moi... Elles qui doivent toujours ignorer... Oh ! continuons bien vite nos recherches. (Elle sort.)

SCÈNE V.

SÉBASTIEN, puis BRÉSILIA.

SÉBASTIEN , sur l'arbre.

Elle s'en va... Pauvre Triptolème ! si elle te trouve... elle ne fera de toi que deux bouchées... Mais si je profitais de son absence, pour m'esquiver !... (Il va pour descendre.) Comment ! encore... (Il remonte.) Je suis comme l'oiseau sur la branche.

BRÉSILIA , entrant.

Ah! le temps s'est remis au beau, et peut-être que l'oiseau de madame la supérieure est revenu dans la volière...

SÉBASTIEN , à part.

Celle-ci est une négresse blanche... elle est même très-blanche.

BRÉSILIA , regardant dans la volière.

Non... décidément il est perdu. Mon Dieu ! que deviendrai-je à son retour? Elle qui est si sévère... Si elle allait se douter du motif de ma distraction ?

SÉBASTIEN , à part.

Elle n'a pas l'air méchant... A la bonne heure... Parlez-moi d'une petite sauvage comme ça.

BRÉSILIA.

Maudit livre... au moins , je voudrais bien savoir s'il a dit vrai...

AIR : *Du Démon de la nuit.*

O toi que rêve mon cœur !
Viens, ma voix t'appelle;
On te dit faux et trompeur,
Mais c'est une erreur :
   Ton cœur
Me sera fidèle ;
   Mon cœur
Attend le bonheur.
Si pourtant, ingrat, perfide,
Tu dois t'enfuir... ne viens pas !
Mais si l'amour qui te guide,
Près de moi jusqu'au trépas
Sans effort fixe tes pas...
O toi que rêve mon cœur,
Viens, etc.

SÉBASTIEN , à part.

C'est qu'elle chante comme un rossignol... Si je l'accompagnais!... Il n'y a pas de danger avec celle-là...

BRÉSILIA , soupirant.

Hélas !

SÉBASTIEN , à part.

Elle soupire !... En avant la musique , et je la subjugue. (Il presse son accordéon.)

BRÉSILIA.

Quels sons délicieux !

SÉBASTIEN , à part.

Elle y mord ! (Il recommence.)

BRÉSILIA.

Mais où donc se cache ce musicien céleste?

SÉBASTIEN , à part.

Elle a du goût ...C'est le moment! (Haut.) Voilà! (Il avance sa tête garnie de plumes.)

BRÉSILIA , avec frayeur.

Que vois-je ?...

SÉBASTIEN.

Elle a peur !...

BRÉSILIA , à part.

Ah ! le bel oiseau... Si je pouvais l'attraper, pour remplacer l'oiseau de madame la supérieure... (Appelant.) Petit... petit...

SÉBASTIEN , à lui même.

Elle a une singulière manière de s'énoncer. J'ai envie de descendre ; elle ne me mangera pas... C'est qu'au contraire elle est à croquer. (Il descend de l'arbre.)

BRÉSILIA.

Il vient ! Oh! qu'il est gentil !... Mais il est fait presque comme nous... Comme il me regarde ! Ça me fait un drôle d'effet...

SÉBASTIEN , à part.

Je crois que je la fascine !

BRÉSILIA.

Mais il se tait... Oh ! chante , petit... chante encore! (En parlant , elle recule vers la cage ; il la suit.)

SÉBASTIEN, à part.

Elle me tutoie! (Haut.) Je te chanterai tout ce que tu voudras : Le postillon de madame Ablou, ma Normandie... Les romances les plus délirantes.

AIR nouveau de M. Artus.

Mais pourquoi me fuir ainsi?
Ne crains rien, belle houri !

BRÉSILIA, à part.

Bon, il vient sans hésiter...
Je crois qu'il faut le flatter.
Bel oiseau (*bis*)!
Ah qu'il est beau !

SÉBASTIEN , parlé.

Comment ! elle me prend pour un oiseau ! C'est très-drôle...

(Brésilia marche vers la volière , et Sébastien la suit.

BRÉSILIA, à part.

Suite de l'air.

Mais voyez comme il me suit,
Je te tiens, petit, p tit.

(Brésilia entre dans la volière , dont la porte est ouverte.)

SÉBASTIEN.

Deuxième couplet.

Mais que vois-je, elle entre là!
Je la tiens comme cela !
Sans bruit il faut m'approcher
Pour ne pas l'effaroucher.

BRÉSILIA, lui jetant de la graine qu'elle a prise dans la cage.

Bel oiseau (*bis*) !
Ab qu'il est beau !

SÉBASTIEN, parlé à part.

Tu ne sais pas ce qui t'attend, petite sauvage (Il entre dans la cage.)

BRÉSILIA , tournant au tour du bâton de perroquet, tandis que Sébastien la suit toujours.

Suite de l'air

Mais voyez comme il me suit,
Je te tiens, petit, petit.

(Elle se retrouve près de la porte ; s'élance en dehors et la referme vivement, en s'écriant :)

Il est pris ! il est pris! Ah! bel oiseau, maintenant , vous ne chanterez plus que pour moi.

SÉBASTIEN.

Comment, enfermé!...

BRÉSILIA.

N'aie pas peur... Je vais revenir... Tiens,
voilà de la pâtée... Oh! il faut que tout le monde
le voie! Qu'il est gentil! qu'il est gentil! (Elle
sort en courant.)

SÉBASTIEN.

Ah bien oui! je suis gentil... elle me laisse!...
avec ma pâtée... Infortuné Sébastien!

SCÈNE VI.

SÉBASTIEN, TRIPTOLÈME, en nègre.

TRIPTOLÈME, accourant.

Voilà... Comme ça, je ne risque rien...

SÉBASTIEN, à part.

Encore la négresse! il ne manquait plus que ça.

TRIPTOLÈME, appelant.

Sébastien!... Sébastien!...

SÉBASTIEN.

Mais c'est la voix de Triptolème...

TRIPTOLÈME.

Ah! te voilà! tu ne me reconnais pas?... flat-
teur! Le fait est que je suis changé du blanc au
noir; en v'là une de couleur...

SÉBASTIEN.

Qu'est-ce que ça veut dire!

TRIPTOLÈME, se posant.

Cirage caout-chouc! toutes mes bouteilles y
ont passé; je me suis traité comme une paire de
bottes, et maintenant je défie les vrais nègres
eux-mêmes de s'y reconnaître; je puis me vanter
d'être aussi laid qu'eux, amour-propre à part...
Qu'ils viennent me manger, les cannibales; qu'ils
y viennent donc!...,

SÉBASTIEN.

Mais moi?

TRIPTOLÈME.

Ah ça! où diable as-tu été te cacher? et que
fais-tu derrière ce grillage?

SÉBASTIEN.

Je suis en prison; une femme ravissante et as-
tucieuse m'a pris pour un oiseau.

TRIPTOLÈME.

Pour un oi?...

SÉBASTIEN.

Triptolème, tu abuses de ma position... délivre-moi bien vite.

TRIPTOLÈME.

Tu ressembles étonnamment au Jardin des
Plantes.

AIR : *De l'Apothicaire.*

Te plaît-il que j'aille pour toi
Faire achat d'une serinette?

SÉBASTIEN.

Oser me mettre en cage, moi!
Le trait est par trop malhonnête.

TRIPTOLÈME.

Pourtant le fait n'est pas nouveau;
A Paris chez chaque portière,
Tu sais, mon cher, quel est l'oiseau
Que l'on met dans une volière.

SÉBASTIEN.

Pas de sottes plaisanteries; délivre-moi tout de
suite.

TRIPTOLÈME, essayant.

Diable de serrure! si seulement j'en avais la clef!

SÉBASTIEN.

Ah! je vois un bouton... Oui, mais j'ai beau
pousser, ça ne s'ouvre peut-être qu'en dehors.

TRIPTOLÈME.

Attends; oui, ça cède... la voilà! (La porte
s'ouvre.)

SÉBASTIEN, s'élançant dehors.

Ah! je respire!...

TRIPTOLÈME.

Ne dirait-on pas que tu étais mal là-dedans?

SÉBASTIEN.

Je voudrais bien t'y voir enfermé!... Dix pieds
carrés!... Tu crois que c'est agréable?

TRIPTOLÈME.

Je suis sûr que c'est très-gentil!... (Il entre
dans la cage, et se met sur le bâton.) On est très-
bien là.

SÉBASTIEN.

Eh bien, restes-y! (Il ferme la porte.)

TRIPTOLÈME.

Qu'est-ce que ça veut dire? heureusement que
je sais le secret.

SÉBASTIEN.

Pousse, pousse...

TRIPTOLÈME, faisant de vains efforts.

Oh Dieu! En effet, ça ne s'ouvre qu'en dehors!
Ouvre moi, Sébastien, veux-tu m'ouvrir bien
vite!...

SÉBASTIEN.

Bah! on est très-bien là-dedans; tu me fais
l'effet du Jardin des Plantes...

AIR : *Le même que le précédent.*

C'est fort bien fait... chacun son tour!
Tu trouvais charmante ma cage,
A ton aise fais-en le tour;
Reconnais-en chaque avantage.

TRIPTOLÈME.

Si quelqu'un vient, me voilà beau!

SÉBASTIEN.

De cette façon tu dois plaire!
Tu sais, mon cher, quel est l'oiseau
Que l'on met dans une volière!
Tu sais, mon cher, quel est l'oiseau
Qu'à Paris a toute portière.

D'ailleurs, tu ne risques rien, puisque tu es
noir.

TRIPTOLÈME.

C'est égal, ouvre-moi.

SÉBASTIEN.

On vient, je me sauve.

(Il sort rapidement.)

SCÈNE VII.

TRIPTOLÈME, BRÉSILIA, INÈS, PAQUITA,
ROSINE, LÉONARDE ; TOUTES LES JEUNES
FILLES.

BRÉSILIA, entrant avec précaution.

Venez... venez... mes demoiselles; je vous dis
qu'il est charmant.

TRIPTOLÈME, à part.

Eh mais! ce sont des blanches maintenant!...
Et moi qui me suis métamorphosé... et pas une
goutte d'eau !... où me cacher? (Il se blottit au
fond de la cage.)

LÉONARDE.

Voyons, Brésilia , si votre oiseau pourra remplacer celui de madame la supérieure.

BRÉSILIA.

Avancez doucement , pour ne pas lui faire
peur: il va peut-être chanter. (Triptolème fait
entendre un grognement prolongé.) Vous l'intimi-
dez; mais vous allez voir comme il est beau ; il a
la tête blanche comme nous , une couronne de
plumes de toutes couleurs , et un collier comme
les pigeons.

LÉONARDE , à part.

Que vois-je ? un homme !...

TOUTES, entourant la cage.

Petit... petit... petit...

INÈS.

Eh bien ! mesdemoiselles ,'il ne bouge pas...
(Appelant.) Petit, petit. (Elle passe sa main à travers le grillage et caresse Triptolème; plusieurs de
ses compagnes l'imitent.)

TRIPTOLÈME, se retournant vivement.

Finissez donc, vous me chatouillez.

TOUTES, se sauvant en poussant un grand cri.

Ah! le monstre !...

BRÉSILIA.

On me l'a changé. (Elle se sauve.)

SCÈNE VIII.

TRIPTOLÈME , LÉONARDE.

LÉONARDE , à part.

Je ne m'étais pas trompée... c'est un homme,
et un superbe homme !

TRIPTOLÈME.

Il paraît que je produis un certain effet.

LÉONARDE.

Mes pressentimens ne m'avaient pas abusée.

TRIPTOLÈME, l'apercevant.

Oh! la vieille noire !...

LÉONARDE , à part.

Et ces demoiselles qui le prennent pour un oi-

seau... Quelle candeur! gardons-nous bien de les
désabuser... c'est une chose que je dois garder
pour moi. (Elle s'approche de la cage ; Triptolème
s'éloigne le plus possible.) Comme il y avait long-
temps que je n'en avais vu !

TRIPTOLÈME, à part.

Je crois décidément que j'ai eu une bonne idée
de me noircir.

LÉONARDE.

Mais il est très-bien... Quel beau teint!...

TRIPTOLÈME.

Je crois bien... Au caout-chouc...

LÉONARDE , à part.

Comment l'aborder ?... Si je l'effrayais ?...
(Haut.) Eh bien! jeune et bel étranger, tu as donc
osé franchir cette enceinte inaccessible , consa-
crée au culte antique du soleil...

TRIPTOLÈME, à part.

Que dit-elle ?

LÉONARDE.

Tu ne réponds rien ?

TRIPTOLÈME, hésitant.

Rends-moi ma casquette...

LÉONARDE, à part.

Elle était à lui! (Haut.) Je te la rendrai quand
tu auras satisfait à toutes mes questions ; sinon,
tremble !...

TRIPTOLÈME, à part.

Elle va me manger , c'est sûr... Si je pouvais
l'attendrir...

LÉONARDE.

Réponds... pourquoi es-tu venu ici ?...

TRIPTOLÈME, prenant son parti.

Pour te voir...

LÉONARDE.

Pour me voir ?

TRIPTOLÈME.

Ça peut te paraître improbable ; mais c'est
comme ça... Si j'avais une autre raison, je veux
être mangé à la croque-au-sel , ou à la bari-
goule...

LÉONARDE.

Quel doux langage ! Ah !...

TRIPTOLÈME , à part.

Ça la touche... chauffons, chauffons !... (Haut.)
Nymphe d'ébène...

LÉONARDE.

Qu'il est galant !

TRIPTOLÈME.

Nymphe d'ébène... rends-moi ma casquette,
je suis sujet aux coups de soleil.

LÉONARDE

La voilà... Est-ce tout ce que tu attends de
moi ?

TRIPTOLÈME.

Non pas... Si c'était un effet de ta part de
m'ouvrir ma cage !...

LÉONARDE.

Ah ! tu veux me tromper...

TRIPTOLÈME.

Moi ! baïadère cafre , j'en suis aussi incapable que le chevreau,avant de naitre ; mon cœur est pur, autant que ma peau est noire.

LÉONARDE.

Dis-tu vrai ?

TRIPLOLÈME.

Crois-moi, colombe africaine ; je veux conduire ta vie dans un labyrinthe de bonheur, mais fais-moi sortir de celui-ci...

LÉONARDE.

Eh bien ! j'y consens, mais à une condition... c'est que tu te déroberas à tous les regards.

TRIPTOLÈME , à part

C'est bien ce que je compte faire.

LÉONARDE.

Si l'on savait qui tu es véritablement... Je n'ose envisager ce qui pourrait en résulter !...

TRIPTOLÈME.

Ah bah !... il parait que dans ce pays-ci les femmes...Le fait est que si l'on savait qui je suis véritablement...

LÉONARDE.

Tu ne seras un homme que pour moi.

TRIPTOLÈME.

Oh ! oui ! (Il lui fait des mines à travers les barreaux de la cage.)

SCÈNE IX.

LES MÊMES , BRÉSILIA, SÉBASTIEN.

BRÉSILIA , à part.

Maintenant que j'ai repris un peu courage, voyons ce que peut être devenu ce bel oiseau.

SÉBASTIEN , caché derrière un arbre.

Va toujours, je ne te perds pas de vue , ma petite sauvage...

BRÉSILIA, à part.

Que vois-je!... Madame Léonarde avec le vilain oiseau noir... Que disent-ils?...

SÉBASTIEN , se montrant à elle.

Ce qu'ils disent? moi, je puis te l'apprendre.

BRÉSILIA , s'écriant :

C'est lui!...

SÉBASTIEN.

Chut!... tu vois bien que je ne cherche pas à m'échapper. (Il l'entraine sous le berceau à gauche ; pendant ce temps, Léonarde a ouvert la cage à Triptolème.)

TRIPTOLÈME, à part.

AIR : *De la pupille* (de Labarre).

Enfin je respire !

LÉONARDE.

Que vas-tu me dire?

TRIPTOLÈME.

Oh ! oui, je soupire...

(A part.)

Pour ma liberté.

BRÉSILIA.

Quelle aimable chose,
Voyez comme il cause !

SÉBASTIEN, à Brésilia.

Par moi je propose
Qu'il soit imité.

TRIPTOLÈME, à Léonarde.

J'ai vu la mer, j'ai bravé ses orages,
Pour te chercher...

SÉBASTIEN, à Brésilia.

Moi, pour d'aussi beaux yeux
J'eusse exploré les plus lointaines plages.

LÉONARDE, regardant Triptolème.

Qu'il parle bien !

BRÉSILIA, regardant Sébastien.

Quels regards langoureux !

TRIPTOLÈME, à part.

Ah ! je mens comme un gueux.

Ensemble.

TRIPTOLÈME.

Quel cruel martyre,
Pendant que j'soupire,
Je ne saurais dire
Si j'suis en sûr'té.
Quelle aimable chose,
Voyez et pour cause,
A quoi l'on s'expose
Pour sa liberté.

LÉONARDE.

Quel tendre délire
M'agite et m'inspire !
Oui, mon cœur soupire
Tout bas agité !
Quel aimable chose,
Voyez comme il cause ;
Pourtant je m'expose
Pour sa liberté.

SÉBASTIEN.

Pour moi quel délire !
Tout d'bon je soupire,
Et sans pouvoir dire
Si j'suis en sûr'té.
Mais près d'une rose
Aussi fraîche éclose,
Gaîment on expose
Cœur et liberté !

BRÉSILIA.

Quel tendre délire
M'agite et m'inspire !
Oui, mon cœur soupire
Tout bas agité.
Quelle aimable chose
Voyez comme il cause ;
Mais comme il s'expose
Pour sa liberté !

(Triptolème veut s'échapper.)

LÉONARDE, le retenant.

Mais quoi ! tu fuis... ce n'est pas tout encore !

BRÉSILIA.

Mon bel oiseau, redis-moi leurs discours.

TRIPTOLÈME, faisant un effort.

Eh bien! il m'faut un baiser... je l'implore!

(A part.)

A quel courage il m'faut avoir recours.

SÉBASTIEN, à Brésilia.

Imitons-les toujours!

Reprise de l'ensemble.

Quel tendre délire, etc., etc.

(Après l'ensemble, Triptolème embrasse Léonarde, et Sébastien embrasse Brésilia; Léonarde se retourne au bruit du baiser.)

LÉONARDE , à part.

Que vois je? un blanc auprès de Brésilia... ne les laissons pas s'expliquer. (Criant) Mesdemoiselles, mesdemoiselles...

TRIPTOLÈME , à part..

Si je pouvais filer.

SCÈNE X.

LES MÊMES , TOUTES LES JEUNES FILLES.

CHOEUR.

AIR nouveau de M. Artus.

Beaux oiseaux inconstans,
En vain vous fuyez l'esclavage!
Pour charmer nos instans
Vite, rentrez dans votre cage.

(Les jeunes filles ont entouré Sébastien et l'ont fait entrer dans la cage; Triptolème prêt à s'échapper est ramené; on l'enferme aussi.)

TRIPTOLÈME , à Sébastien.

Cher ami! nous sommes pincés...

INÈS.

Quelle bonne chasse!

PAQUITA.

Et comme madame la supérieure sera contente à son retour...

LÉONARDE , à part.

Les innocentes!... elles croient que madame la supérieure... j'y mettrai bon ordre...

BRÉSILIA.

Mais s'ils allaient encore s'enfuir?...

LÉONARDE.

Oh! cette fois, je les en défie bien... avec ce cadenas...

SÉBASTIEN , effrayé.

Un cadenas!...

LÉONARDE.

Dont je garderai moi-même la clef. (Elle les enferme au cadenas.)

BRÉSILIA.

Comment... madame... vous ne voulez plus?...

LÉONARDE.

Non, mademoiselle, vous êtes trop maladroite... et d'ailleurs vous ne savez pas le danger qu'il y a avec ces oiseaux-là...

SÉBASTIEN.

Oh! quelle calomnie!...

INÈS.

Pourtant ils ont l'air si doux!

LÉONARDE.

Oui... fiez-vous-y... Allons , mesdemoiselles, rentrez bien vite.

BRÉSILIA.

Déjà?...

Reprise du chœur.

Beaux oiseaux inconstans,
En vain vous fuyez l'esclavage!
Pour charmer nos instans,
Restez, restez dans votre cage.

INÈS.

Voyez combien c'est heureux,
Au lieu d'un en avoir deux!

ROSINE.

Ah! que je les aimerai!

LÉONARDE, à part.

Oui, mais moi, je reviendrai!

CHOEUR.

Beaux oiseaux inconstans, etc.

(Elles sortent toutes.)

SCÈNE XI.

SÉBASTIEN ET TRIPTOLÈME , dans la volière.

TRIPTOLÈME.

Comment , elles s'en vont!... (Criant) La porte, s'il vous plaît...

SÉBASTIEN.

L'aventure est cocasse.

TRIPTOLÈME.

Cocasse... je t'adore, toi... cocasse!... Non, le mot est joli... Je te demande un peu de quoi nous avons l'air à cette heure ?

SÉBASTIEN.

Nous avons l'air de deux sansonnets mignons.

TRIPTOLÈME.

Mais aussi, tu ne sais faire que des sottises... tu avais bien besoin de te montrer.

SÉBASTIEN.

Nous prendre pour des volatiles!... tu n'es pourtant pas un aigle...

TRIPTOLÈME.

C'est abrutissant!... Sais-tu bien qu'on a vu des alouettes se briser le crâne contre les barreaux de leur cage...

SÉBASTIEN.

Les alouettes ont tort... nous ne les imiterons pas, et si tu m'en crois, nous prendrons notre parti... faute de mieux.

TRIPTOLÈME, exaspéré.

Nous prendrons notre parti!... (Regardant autour de lui.) Au fait, tu as peut-être raison.

SÉBASTIEN.

D'abord nous pouvons nous promener... en long... en large... et puis, songe donc que nous appartenons à des petites femmes charmantes.

TRIPTOLÈME.

Ma négresse, par exemple...

SÉBASTIEN.

Qui viendront tous les jours nous voir, nous sourire... nous appeler comme ça... tiens... Baisen vite... petit fils, petit mignon... Et puis, elles nous apporteront chaque jour des pâtisseries... du sucre... mille délicieuses friandises.

TRIPTOLÈME.

Du mouron... des colifichets... As-tu déjeuné, Jacquot?... et de quoi?...

    Air : *Des Anguilles* (de Masaniello).

Tout cela me parait bien vide,
Et trompe fort mon appétit ;
Je veux du bon et du solide,
Et non pas des : Petit, petit.
Je ne vois aucun avantage
A l'existenc' d'un perroquet,
Et j'aime mieux, cage pour cage,
Les barreaux verts d'un cabaret.

Ah! à propos de cabaret, ça me rappelle que nous n'avons rien pris depuis vingt-quatre heures... et Dieu sait quand viendra notre pitance...

SÉBASTIEN.

Mais elle est toute venue... regarde...

TRIPTOLÈME.

C'est ma foi vrai... des biscuits et des confitures... C'est le ciel qui nous les envoie !...

SÉBASTIEN.

Le ciel... ou nos gentilles maîtresses. (Mangeant) C'est qu'elles sont adorables.

TRIPTOLÈME.

Les confitures? (Mangeant) Succulentes.

SÉBASTIEN.

Eh bien! plains-toi donc encore?

TRIPTOLÈME.

Le fait est que ça me raccommode un peu avec mon existence d'oiseau.

SÉBASTIEN.

On s'habitue à tout dans ce monde...

TRIPTOLÈME, mangeant.

L'habitude est une seconde nature !... Ouf ! ouf !

SÉBASTIEN.

Quoi donc ?...

TRIPTOLÈME.

J'étouffe... j'étouffe... de l'eau...

SÉBASTIEN.

Ah! mon Dieu! il n'y en a pas... attends. (Il lui tape dans le dos.)

TRIPTOLÈME.

Aïe... aïe... merci... gueux de métier! Il paraît que notre prédécesseur est mort de la pépie... Et dire qu'à deux pas de nous... (Il regarde la mer.) Ah! Sébastien !...

SÉBASTIEN.

Eh bien!... tu me fais toujours des peurs...

TRIPTOLÈME.

Vois-tu... là-bas... là-bas...

SÉBASTIEN.

Le soleil?...

TRIPTOLÈME.

Eh non ! un point noir...

SÉBASTIEN.

C'est un tas de marsouins...

TRIPTOLÈME.

Ce sont nos compagnons.

SÉBASTIEN.

Il faut leur faire des signes...

TRIPTOLÈME.

Oh ! quelle idée !...

SÉBASTIEN.

Qu'est-ce que tu fais ?

TRIPTOLÈME.

Ce bâton a été édifié pour l'agrément de l'ancien propriétaire de ces lieux... O intéressant Catacona... je te bénis ! car tu avais des goûts utiles. (Il grimpe au haut du bâton placé au milieu de la volière.)

SÉBASTIEN.

Prends garde de tomber...

TRIPTOLÈME.

Ne crains rien... Ah! ma casquette!... (Il attache sa casquette à un bâton de traverse qu'il arrache, et l'agite en l'air.)

SÉBASTIEN.

Tu me fais l'effet d'un télégraphe.

TRIPTOLÈME.

C'est ce que je demande... Ohé! ohé! les autres...

SÉBASTIEN.

Viennent-ils?

TRIPTOLÈME.

Non... si.. non... Oh ! pour le coup, les voilà... Ohé... la première roche à gauche, la seconde à droite... prenez garde de verser... les voilà !

SCÈNE XII.

LES MÊMES , plusieurs MATELOTS ; une barque paraît ; les matelots prennent terre.

UN MATELOT.

C'est ici , camarades, que j'ai aperçu le signal en question.

DEUXIÈME MATELOT.

Je ne vois rien..... attention..... le pays n'est peut-être pas sûr.

TRIPTOLÈME.

Ohé ! ohé !...

PREMIER MATELOT.

Qu'est-ce qu'appelle ?

SÉBASTIEN.

C'est nous...

TRIPTOLÈME.

Par ici... par ici...

DEUXIÈME MATELOT.

Oh !... c't' amphibie !...

TOUS.

C'est un singe.

TRIPTOLÈME.

Eh non... c'est moi... Triptolème.

TOUS, riant.

Triptolème... Ah ! ah! ah !

SÉBASTIEN.

Et moi , Sébastien !...

PREMIER MATELOT.

C'est pourtant vrai ; ce sont nos deux industriels.

SÉBASTIEN.

On les a mis dedans, vos industriels...

TOUS.

Et qui ça donc ?

TRIPTOLÈME.

Des femmes sauvages...

SÉBASTIEN.

Elles se figurent que nous sommes des oiseaux.

PREMIER MATELOT.

Mais l'on peut vous délivrer.

SÉBASTIEN.

Cette cage est solide.

TRIPTOLÈME.

Et elles en ont emporté la clef.

DEUXIÈME MATELOT.

Oh ! nous l'aurons bientôt mise en pièces.

SÉBASTIEN.

C'est ça, pour donner l'éveil à nos maîtresses...
Qui sait si ce ne sont pas des amazones...

TRIPTOLÈME.

Tout ce que je sais, c'est que ce sont des
femmes fortes...

SÉBASTIEN.

Cachez plutôt votre barque derrière les rochers... Disséminez-vous dans ce parc, où l'on
ne pourra vous découvrir... et quand la nuit sera
venue, et que tout le monde sera livré au repos...
vous viendrez nous délivrer.

TRIPTOLÈME.

Comment ! tu veux ?...

SÉBASTIEN.

Silence, Triptolème ; vous parlez comme une
pie borgne...

PREMIER MATELOT.

Il a raison...

LES MATELOTS, à voix basse.

Air nouveau de M. Artus.

Éloignons-nous, c'est bien...
Gardons de la prudence,
Pour votre délivrance
Nous ne néglig'rons rien.

TRIPTOLÈME.

Mais si l'on allait
Nous mettre en civet,
Il serait bien temps de s'y prendre.

SÉBASTIEN.

A ce point peut-on
Se montrer poltron !

TRIPTOLÈME.

Poltron, non ; mais je suis bien tendre.

TOUS.

Éloignons-nous, c'est bien, etc.

(Ils sortent tous.)

SCÈNE XIII.

SÉBASTIEN, TRIPTOLÈME.

TRIPTOLÈME.

Et dire qu'il n'y a pas une autre issue. Je vais
visiter tous les recoins de notre domicile. (Il
disparaît dans la coulisse.)

SÉBASTIEN.

Cherche, cherche... c'est comme si tu chan-
tais... Le voilà qui est déjà las, et qui se plonge
dans de pénibles réflexions... Il y a de quoi... et
nous ne sommes pas au bout de nos peines... O,
mon Dieu !... la négresse... affreuse créature,
va !... pour éviter de te voir, je vais faire sem-
blant de dormir... la voilà... bonsoir...

SCÈNE XIV.

SÉBASTIEN, LÉONARDE, INÈS, BRÉSILIA.

LÉONARDE.

Venez donc, mesdemoiselles ; ne craignez rien
je suis avec vous...

INÈS.

C'est qu'il m'a semblé que j'avais vu là-bas le
feuillage remuer.

BRÉSILIA.

Est-elle poltronne !

SÉBASTIEN, à part.

Encore la petite sauvage !

INÈS.

Si c'était un gros oiseau comme ceux que nous
avons pris tantôt...

LÉONARDE.

Petite sotte... vous croyez qu'ils se sont tous
donné rendez-vous dans cette partie du Brésil,
où l'on n'en voit jamais.

SÉBASTIEN, à part.

Comment ! nous sommes au Brésil ?

LÉONARDE.

D'ailleurs, j'ai fait visiter le parc, et je suis
bien sûre...

INÈS.

Mais s'ils volent en troupe comme les pigeons ?

LÉONARDE.

Taisez-vous, mademoiselle, vous n'y entendez
rien..... et vous feriez bien mieux d'imiter votre
compagne Brésilia, qui ne m'accable pas de ses
éternelles questions.

SÉBASTIEN, à part.

Brésilia ! quel joli nom !

BRÉSILIA, rêveuse, à part.

Oh ! moi, je ne sais ce que j'éprouve ; mais
depuis tantôt, j'ai beaucoup réfléchi... et la lec-
ture de ce livre...

LÉONARDE, à part.

Pourvu que je n'aille pas me trahir...

INÈS, près de la volière.

Voyez donc, madame, il n'y en a qu'un.... il
dort...

LÉONARDE, vivement.

Et l'autre... ah ! je l'aperçois là-bas... il dort aussi sans doute... (à part.) ou il pense à moi...

INÈS.

Ne pouvons-nous les réveiller, pour qu'ils nous chantent quelque chose...

LÉONARDE.

Gardez-vous-en bien..... il est très-dangereux d'interrompre le sommeil de ces sortes d'animaux.

SÉBASTIEN, à part.

Animal toi-même, vieille sorcière.

LÉONARDE.

Mais voici l'heure de ma sieste... et en attendant leur réveil, je vais les imiter. (A part) Je n'ai rien à redouter, j'ai la clef sur moi... et bientôt ce billet que je glisserai entre les mains de l'autre... allons... je suis tranquille. (Elle se jette sur le hamac.)

BRÉSILIA, rêveuse.

Si c'était comme dans mon livre... comme ça serait gentil..... Il a l'air si aimable..... et puis, quelle pose gracieuse !...

SÉBASTIEN, s'oubliant.

Cher amour, va !...

BRÉSILIA, jetant un cri.

Ah !...

LÉONARDE ET INÈS.

Hein ! qu'est-ce que c'est ?...

BRÉSILIA.

Rien... la vue de cet oiseau...

LÉONARDE.

Encore... vous verrez qu'elles en deviendront folles... et que je me verrai forcée de leur rendre la liberté... sans attendre l'arrivée de madame la supérieure.

BRÉSILIA.

Oh ! madame, vous n'en ferez rien.

SÉBASTIEN, à part.

Pauvre petite chatte...

LÉONARDE.

C'est bon, c'est bon... on verra... si vous êtes sages... (Elle s'endort balancée par Inès) et si vous me promettez que jamais... On ne sait pas ce qui peut arriver... et quand l'amour... l'espoir...

BRÉSILIA.

L'amour... l'espoir... elle rêve...

SÉBASTIEN.

La vieille dort... si je me risquais... Brésilia...

BRÉSILIA.

Tiens !... il sait mon nom...

INÈS, accourant.

Il est réveillé... petit... petit...

BRÉSILIA.

Eh bien ! qu'est-ce que tu fais ?... et madame que tu oublies...

INÈS.

C'est vrai. (Elle retourne au hamac.)

SÉBASTIEN.

Charmante Brésilia, approche, approche encore... que je m'enivre de ta vue... que j'admire tes attraits...

INÈS.

Oh ! ma chère, comme on lui a appris de jolies choses...

SÉBASTIEN.

Oh ! j'en sais bien d'autres. (A Brésilia.) Dis que tu t'intéresses à moi, et que tu ne veux que mon bonheur.

BRÉSILIA.

Mais, que te manque-t-il ? n'as-tu pas des friandises ? est-ce que nous n'avons pas assez de soins pour toi ?...

SÉBASTIEN.

Oh ! mais, vois-tu, cela ne suffit pas... c'est que je ne suis pas un oiseau comme un autre... et je sens qu'il me manque une chose, sans laquelle je ne puis vivre... ma liberté.

BRÉSILIA.

Ta liberté...

INÈS.

Voilà de la franchise... c'est un moineau franc·

SÉBASTIEN.

Mais rassure-toi... quand je serai libre, tu verras si je ne reste pas à tes pieds... soumis à tes ordres... à ta volonté... et prêt à t'obéir toute ma vie.

INÈS, s'approchant.

Et à moi aussi ?

SÉBASTIEN.

Vous êtes bien gentille ; mais je ne saurais obéir à deux maîtresses à la fois ; car, pour cela, il faut pouvoir disposer de son cœur, et je sens que le mien ne m'appartient plus.

BRÉSILIA.

Ah ! mon Dieu ! juste comme dans mon livre.

SÉBASTIEN.

Oui, Brésilia... je vous ai trompée, ou plutôt on vous a trompée... je ne suis pas ce que vous croyez...

INÈS, reculant.

Vous n'êtes pas un oiseau ?...

BRÉSILIA.

Oh ! mon Dieu !...

SÉBASTIEN.

Ah ! ne craignez rien... et ne vous éloignez pas ainsi... je ne suis pas méchant... et puis sachez donc que je n'y tiens plus dans cette horrible cage... je perds la tête ; car je vous aime...

BRÉSILIA, s'écriant.

C'est un homme !...

INÈS.

Un homme !...

LÉONARDE, rêvant.

Petit noir... mon bon frère...

BRÉSILIA.

Inès... berce... berce...

SÉBASTIEN.

Oui, je suis un homme, et j'attends de vous ma liberté.

BRÉSILIA, tremblante.

Je le voudrais... car je n'ai pas peur, moi... je sais ce que c'est qu'un homme...

SÉBASTIEN.

Comment ?...

BRÉSILIA.

Je l'ai lu....

INÈS.

Et moi je voudrais bien savoir ce que c'est...

SÉBASTIEN.

Eh bien! ouvrez-moi cette cage, et je vous en donnerai un autre...

INÈS.

Bien vrai ?...

SÉBASTIEN.

Et à toutes vos compagnes...

INÈS.

Oh ! que ce sera gentil! mais comment faire ?

SÉBASTIEN.

Votre vieille n'a-t-elle pas sur elle la clef de ce maudit cadenas ?

BRÉSILIA.

C'est vrai... si j'essayais... berce, Inès...

AIR : *Berce, berce, bonne grand'mère.*

Gardons bien qu'elle ne s'éveille !

SÉBASTIEN.

Auprès de vous je resterais.

BRÉSILIA.

Ah ! berce, berce... elle sommeille.

(A Sébastien.)

Mais vous ne m'oublirez jamais ?

SÉBASTIEN.

Je vous le jure ici ! ma vie entière
A vos genoux toujours se passera.

BRÉSILIA, à elle-même.

A mes genoux !... le livre était sincère.

(A Inès.)

Ah! berce encor !... quel trouble je sens là.

Ensemble.

Ah ! craignons qu'elle ne s'éveille,
Elle ferait fuir les amours,
Sa vigilance ici sommeille,
Berçons-la, berçons-la toujours.

(Pendant l'ensemble, Brésilia dérobe la clef à Léonarde.)

BRÉSILIA.

Je la tiens...

SÉBASTIEN, très-haut.

Bravo...

LÉONARDE, se réveillant.

Hein! qu'est-ce que c'est ?...

BRÉSILIA.

Rien... l'oiseau qui chante... (Sébastien presse l'accordéon.)

LÉONARDE.

Ah! ah! il est réveillé... il ne lui manque rien ?

(Sébastien parle bas à Brésilia.)

BRÉSILIA, à Léonarde.

Il a soif...

LÉONARDE.

Étourdie que je suis!... J'ai oublié de leur apporter leur ration... j'y cours bien vite... (A part.) Et d'abord je vais glisser ce billet à son adresse.

AIR : *En attendant le garçon* (A Trente ans).

SÉBASTIEN, BRÉSILIA, INÈS.

Elle part, ne disons rien,
Conservons de la prudence ,
Encore un peu d'patience,
Et bientôt tout ira bien.

LÉONARDE.

Je pars, mais je ne dis rien, etc.

(à part.)

Ce soir je le fais disparaître,
Mais qu'on n'aille pas le connaître,
On me l'enleverait peut-être...
C'est moi qu'il aime, c'est mon bien...

Ensemble.

SÉBASTIEN, BRÉSILIA, INÈS.

Elle part, etc.

LÉONARDE.

Je pars, etc.

SCÈNE XV.

SÉBASTIEN , BRÉSILIA , INÈS , puis TRIPTO-LÈME.

SÉBASTIEN.

Elle est partie ?...

INÈS.

La voilà qui s'éloigne...

SÉBASTIEN.

Eh! vite... ouvrez-moi...

BRÉSILIA.

Mais je ne sais si je dois...

SÉBASTIEN.

Doutez-vous encore ?

BRÉSILIA.

Non... mon cœur me dit que vous êtes un homme... Mais j'ai lu aussi qu'il ne fallait pas se fier aux hommes... et que, sans ailes, ils trouvent encore le moyen de s'envoler.

SÉBASTIEN.

Oh ! quelle calomnie! Eh bien oui, je m'envolerai , mais je m'envolerai avec vous...

INÈS.

Et avec moi ?...

SÉBASTIEN.

Et avec vous aussi... et avec toutes les autres... Enlèvement général !...

INÈS.

Oh! que ça sera amusant !...

BRÉSILIA.

Si vous le promettez ?...

SÉBASTIEN.

Je le jure à deux genoux.

BRÉSILIA.

Sortez donc... (Elle lui ouvre.)

SÉBASTIEN , prêt à sortir.

Ah! grand Dieu!... Et Triptolème.... veillez bien à ce qu'on ne puisse nous surprendre. (Elles s'éloignent; Sébastien appelant.) Triptolème...

TRIPTOLÈME, venant du fond de la volière.

Présent! (Il a un papier à la main)

SÉBASTIEN.

Viens... nous sommes libres...

TRIPTOLÈME.

Libres ?... tu es libre de sortir... moi je suis libre de rester... et je reste...

SÉBASTIEN.

Hein ? comment?

TRIPTOLÈME.

Tiens, lis... ça m'est tombé du ciel.

SÉBASTIEN , prenant le papier.

« Patience , être charmant ! (S'interrompant.) » Ce n'est pas pour toi !

TRIPTOLÈME.

C'est peut-être pour toi.

SÉBASTIEN , lisant.

« On a lu dans vos yeux... on partage vos sentimens, et l'on songe à votre délivrance... »

TRIPTOLÈME.

En v'là une d'aventure... La vieille m'avait prévenu... Le climat est chaud dans ce pays-ci... et il paraît que le sang...

SÉBASTIEN.

Fat ! (Continuant.) « Attendez-donc avec résignation que les ombres soient descendues sur » votre asile... dont une main mystérieuse viendra vous ouvrir les portes, pour faire votre bonheur.. »

TRIPTOLÈME.

Pour faire votre bonheur... C'est quelque amazone ou quelque princesse du Canada... qui a su m'apprécier à travers mon caout-chouc.

SÉBASTIEN.

Et tu donnes là-dedans , imbécile !...

TRIPTOLÈME.

Possible... mais je reste...

SÉBASTIEN.

Tu es fou... viens... suis moi.,..

TRIPTOLÈME.

Sébastien... tu m'affliges...

BRÉSILIA , accourant.

On vient... Eh vite...

SÉBASTIEN.

Adieu donc... une fois... deux fois...

TRIPTOLÈME.

Trente-cinq fois... (Il se jette dans ses bras.)

INÈS.

Ce sont nos compagnes...

SÉBASTIEN.

Fuyons... Adieu... (Il ferme la cage sur Triptolème.)

BRÉSILIA.

Il est trop tard...

(Sébastien se cache derrière Brésilia et Inès.)

LES MÊMES , PAQUITA , ROSINE, LES JEUNES FILLES , avec des filets ; LES MATELOTS , qui se cachent au milieu des arbres.

CHŒUR.

Air nouveau de M. Artus.

C'est trop nous lasser
A toujours chasser,
Il n'est plus d'oiseaux
Si grands et si beaux !
Qui donc nous dira
D'où viennent ceux-là,
Et qui nous en donnera ?

PAQUITA.

Eh bien , Brésilia et Inès, que faisiez-vous donc?.. Depuis une heure que nous vous cherchons.

BRÉSILIA , avec embarras.

Vous venez de la chasse?...

ROSINE.

Oui, mais nous n'avons rien pris...

PAQUITA.

Quoique Marietta nous ait assuré avoir vu dans le parc plusieurs de ces grands oiseaux qui parlent si bien.

ROSINE.

Et qui ont l'air si méchant...

BRÉSILIA.

Ah ! vous vous trompez bien, je vous jure.

ROSINE , près de la volière.

Oh ! mesdemoiselles, il y en a un d'envolé... le gentil...

PAQUITA.

C'est vrai ! le vilain est resté.

TRIPTOLÈME.

Le vilain... dites donc... dites donc... Ces jeunes insulaires n'ont pas de goût.

PAQUITA.

Que va dire madame?

ROSINE.

Courons vite la prévenir...

SÉBASTIEN, se montrant.

Arrêtez...

TOUTES.

Ah ! le voilà !...

(Elles veulent l'attraper avec leurs filets ; au même instant les matelots se montrent et se jettent à leurs genoux.)

TOUTES , effrayées.

Ah !

TRIPTOLÈME.

Les oiseaux leur font peur à présent !...

SÉBASTIEN.

Ne craignez rien... charmantes Brésiliennes... nous ne voulons pas vous faire de mal... au contraire.

TOUTES.

Est-il vrai ?

BRÉSILIA.

Oh ! allez, ils sont privés... tout-à-fait privés. Voyez plutôt... (Sébastien à ses pieds lui baise la main.)

INÈS.

Comme ils sont caressans !...

BRÉSILIA.

Mais ce n'est pas tout ; ils nous enlèvent...

TOUTES.

Vous nous enlevez ?

SÉBASTIEN.

Et nous vous conduisons à Paris...

TRIPTOLÈME.

Oh ! les malheureuses !... c'est là qu'elles en verront de vilains oiseaux.

BRÉSILIA.

A Paris ? qu'est-ce que c'est que ce pays là ?

SÉBASTIEN.

Oh ! un pays délicieux... C'est le paradis des femmes.

AIR : *De la ronde du fidèle Berger.*

Venez, aimables baaidères,
A Paris l'on vous conduira,
Apprendre les belles manières
Dans les couliss's de l'Opéra...
Mais pour mieux rire, à la Chaumière
Vous prendrez un plaisir permis...
Venez (*bis*).. et vogue la galère,
Paris (*bis*)! c'est un vrai paradis.

CHŒUR.

Allons, et vogue la galère,
Paris ! c'est un vrai paradis.
(On danse sur la ritournelle.)

SÉBASTIEN.

Toujours des fêtes enivrantes,
Des jours comptés par les plaisirs ;
Amours et danses délirantes,
Sans cesse attisant les desirs.
Du galop, cohorte légère,
Musard nous f'ra connaîtr' le prix.
Venez, etc., etc.
(On danse encore sur la ritournelle.)

TOUTES.

Partons, partons.

BRÉSILIA.

Justement, le jour baisse...

INÈS.

Et l'on vient !...

TRIPTOLÈME , à part.

On vient... c'est le bonheur.
(Ils sortent tous, en répétant doucement le refrain.)

Allons , et vogue , etc.

(Ils disparaissent derrière les rochers.)

SCÈNE XVII.

TRIPTOLÈME , dans la volière, LÉONARDE , couverte d'un voile , et une cruche sur la tête.

TRIPTOLÈME.

Oui, partez, vous autres; moi, j'entends un pas léger... c'est elle,.. c'est ma houri... ma princesse... ma lionne..•

LÉONARDE.

Silence !...

TRIPTOLÈME.

Il n'y a pas de danger... je suis seul.

LÉONARDE.

Comment , seul ! et l'autre ?...

TRIPTOLÈME.

L'autre oiseau ?... Il est sorti !

LÉONARDE.

Mais ce cadenas? disparu !... n'importe... tu me restes... (Elle ouvre la volière.)

TRIPTOLÈME , sortant.

Oui... à toi... à toi seule... mais lève ce voile qui me dérobe tes traits charmans...

LÉONARDE.

Tu le veux ?

TRIPTOLÈME.

Tu m'obligeras. (Il lui arrache le voile.) Ah ! vertuchou... C'est le diable !... (Il se sauve.)

LÉONARDE.

Comment ! le diable?.. il m'échappe... arrêtez... arrêtez... Ah ! (Elle lui jette sa cruche à la tête , on entend la cruche se briser.) Ça t'appren dra...

TRIPTOLEME , à moitié débarbouillé par l'eau de la cruche.

Ah ! que c'est bête !... j'ai une bosse...

LEONARDE , voyant sa figure blanchie par l'eau.

O ciel ! qu'ai-je vu ?... quelle horreur... je m'évanouis. (Elle tombe dans ses bras.)

TRIPTOLÈME.

Eh bien! eh bien! soutenez-vous donc, ma brave femme... je n'ai pas le temps... (Musique à l'horchestre.) Ah mon Dieu ! ce sont les autres... et moi qui ai refusé... (Criant.) Ohé... ohé... attendez-moi... (La barque qui porte les matelots et les jeunes filles paraît et s'éloigne du bord.) Vieille mauricaude... c'est très-gênant... je ne peux pourtant pas l'emporter. Ah!... (Il l'emporte dans la cage , l'enferme et s'élance vers la mer en criant Eh! les autres! et moi... ma foi, tant pire...

(Il fait le plongeon du haut d'un rocher; la vieille qui est revenue à elle aperçoit la barque , et se démène dans la volière ; on entend le chœur qui s'éloigne.)

Allons !... et vogue la galère,
Paris ! c'est un vrai paradis !...

FIN DES OISEAUX DE BOCACE.

PARIS. — COSSON , IMPRIMEUR DE L'ACADÉMIE ROYALE DE MÉDECINE, RUE SAINT-GERMAIN-DES-PLÉS, 9.